中华先锋人物
故事汇

塞罕坝林场先进群体

"石头山"上种"绿海"

SAIHANBA LINCHANG XIANJIN QUNTI
SHITOUSHAN SHANG ZHONG LÜHAI

王巨成 著

党建读物出版社　接力出版社

图书在版编目（CIP）数据

塞罕坝林场先进群体："石头山"上种"绿海"/王巨成著.—南宁：接力出版社；北京：党建读物出版社，2022.12
（中华人物故事汇.中华先锋人物故事汇）
ISBN 978-7-5448-7930-9

Ⅰ.①塞… Ⅱ.①王… Ⅲ.①传记小说-中国-当代 Ⅳ.①I247.5

中国版本图书馆CIP数据核字(2022)第174100号

塞罕坝林场先进群体——"石头山"上种"绿海"
王巨成 著

责任编辑：	朱瑞婷 马 婕 陈 楠
文字编辑：	郭 城 李筱竹
责任校对：	阮 萍 杨少坤
装帧设计：	严 冬 　美术编辑：高春雷
出版发行：	党建读物出版社　接力出版社
地　　址：	北京市西城区西长安街80号东楼（邮编：100815）
	广西南宁市园湖南路9号（邮编：530022）
网　　址：	http://www.djcb71.com　http://www.jielibj.com
电　　话：	010-65547970/7621
经　　销：	新华书店
印　　刷：	北京科信印刷有限公司

2022年12月第1版　　2022年12月第1次印刷
787毫米×1092毫米　32开本　6印张　90千字
印数：00 001-10 000册　　定价：28.00元

本社版图书如有印装错误，我社负责调换（电话：010-65547970/7621）

目 录

写给小读者的话 …………… 1

世界上最美的地方 ………… 1

爸爸是个"大骗子" ………… 11

重重困难 …………………… 21

跟"神树"打招呼 ………… 31

大灰狼的故事 ……………… 45

一个意料之外的早晨 ……… 57

突然出现的耗子 …………… 67

树和人一样 ………………… 77

等待新绿 …………………… 87

一个惊天的决定 · · · · · · · · · · · · · 99

飞来的花儿 · · · · · · · · · · · · · · · 109

考验 · 121

做塞罕坝的树 · · · · · · · · · · · · · 131

爸爸的腿 · · · · · · · · · · · · · · · · · · 141

时光 · 151

望海楼呀，望海楼 · · · · · · · · · · 161

写给小读者的话

中华民族一直是敢于创造奇迹的民族。

在古代,有四大发明、秦始皇兵马俑、敦煌石窟、万里长城、世界上最长的人工河——京杭大运河,以及至今依然发挥着巨大作用的,被誉为"活的水利博物馆"的都江堰……

在新中国处于内忧外患、百废待兴的条件下,我们生产出了新中国的第一辆汽车——解放牌汽车;用九年多的时间开凿出"人工天河"红旗渠;先后发射了中国第一枚导弹,引爆中国第一颗原子弹、第一颗氢弹,使得中国第一颗卫星升空……

在今天,我们拥有世界上长度最长、速度最快的高铁网,拥有5G技术,拥有世界已知最大单口径射电望远镜"中国天眼",拥有北斗卫星导航系统,拥有量子通信卫星、量子计算机"九章",拥有神舟系列飞船、"嫦娥工程"、"天问一号"火星探测器,拥有中国人自己的空间站,拥有深海载人潜水器"蛟龙号""奋斗者号"……

塞罕坝,是我们中国人创造的又一个奇迹,是地球的绿色奇迹。

那是一九六二年九月,一群充满热血的林业建设者带着党中央的嘱托,肩负着"为首都阻沙源,为京津涵水源"的神圣使命来到塞罕坝。他们的任务是要把"不可能"变成"可能":重现塞罕坝昔日的荣光,让绿色铺满荒凉大地,让塞罕坝成为首都的一道绿色屏障。

在自然环境和物质条件极其恶劣、科学技术条件极其有限的情况下,他们需要克服常人难以想象的困难,需要有坚定的意志和信念,需要有忘我的激情和奉献精神。

他们做到了。

六十年间,三代塞罕坝人只埋头做一件事:植树造林。

他们成功了。

六十年间，塞罕坝人植树达5亿株，造林115万亩，使得塞罕坝成为世界上最大的人工森林。

塞罕坝森林阻挡了浑善达克沙地南下的黄沙对首都北京的侵犯。同时，它每年为辽河、滦河下游地区涵养水源、净化淡水2.84亿立方米，固定二氧化碳86.03万吨，释放氧气59.84万吨。如今塞罕坝年均无霜期增加了12天，大风日数减少了30天，森林资源总价值达到约200亿元。

今天的塞罕坝成了名副其实的"河的源头、云的故乡、花的世界、林的海洋、鸟的天堂"，真是如诗如画。

塞罕坝人用他们的鲜血和汗水，感天动地地书写了什么叫"绿水青山就是金山银山"。

二〇一七年十二月，塞罕坝被授予联合国环境荣誉最高奖项——地球卫士奖。

中华民族从来不会停止创造奇迹的脚步。

未来，因为你，因为我，因为我们，中华民族必将创造更多的奇迹。

世界上最美的地方

绿皮火车行驶的时候,杨森、杨沐、杨林三个孩子的眼睛炯炯有神,脸上绽放出花儿一般的笑容。

他们完全有理由兴奋。这是他们第一次坐火车,也是他们第一次离开北京,更重要的是,他们要去的是世界上最美的地方。

是的,那是"世界上最美的地方"!爸爸老杨就是这么明确地对他们和妈妈说的。老杨是党员,是某个林业部门的国家干部,老杨的话不能不信。

老杨不老,四十多岁,身材魁梧,精力充沛。在北京的时候,没有人叫他"老杨",更多是叫"杨技术员"或者"杨建国同志"。"老杨"是在塞罕坝叫开来的，还别说，看看他头上的白发以及粗糙紫红的脸膛，这两个字还真是很贴切。

老杨说，那里地域辽阔，有山有河有湖泊，到处绿草如茵，花香扑鼻，满眼是参天绿树，还有无数的飞禽走兽……

老杨说，那里阳光格外明净，空气格外清新，景色格外迷人。

老杨说，在辽金时期，那里就享有"千里松林"的美誉。到了清朝，那里是皇家猎场，有著名的"木兰围场"。

……

从北京向北走四百多公里，这个地方在河北省最北端，名叫塞罕坝。

"塞罕坝"是蒙古语和汉语的混合用语，意思是：美丽的高岭。

"可惜，塞罕坝现在不成样子了……"老杨在说这句话的时候，轻轻叹息了一声，没有再往下说。

在三个孩子听来，即使塞罕坝现在不成样子了，那也是"世界上最美的地方"，那也值得他们去看看，值得他们暂时舍弃北京以及北京跟他们有关联的一切，包括家啦，学校啦，胡同啦，繁华的大街啦，以后他们就跟爸爸在一起了。

说实话，相比妈妈，爸爸对他们三个孩子比较严厉，但是爸爸那么长时间不在他们身边也不行。爸爸要是在家，搬煤球、买米这种活儿就不需要妈妈去做，更不需要他们几个孩子去做；爸爸要是在家，遇到刮大风、下大雨、响炸雷这种天气，他们就不用害怕了。

爸爸有近两年的时间没有回过家了，他是三天前回来的，一回来就宣布要把他们接到塞罕坝去。

倒是妈妈说："就是不成样子了，那总归还是塞罕坝吧？"

老杨顿了顿，然后点了一下头。

妈妈又问："你们栽了不少树吧？"

老杨他们去塞罕坝就是为了栽树，具体时间是一九六二年九月。在妈妈看来，近两年的时间足以栽种无数棵树，而那么多棵树自然要遍布荒坡野岭。

老杨把右手插进他浓密的、有了些白发的头

发里,挠了一下,底气不足地说:"嗯,栽种了一点儿。"

三个孩子觉得爸爸说的"栽种了一点儿"就等于"栽种了很多",因为爸爸是干部,说话得谦虚,不能吹牛皮。

听着火车"哐当——哐当——"的声音,三个孩子第一次觉得北京并不像他们想象中那么完美。比如,这个时节北京的天气总有点神经质,一会儿热,热得让人感到夏天马上就要来了;谁料一会儿又刮来一场大风,一下子冷得又像回到了冬天,冻得人直哆嗦。

尤其是大风还带来了沙尘暴,那时的天空灰蒙蒙的,昏黄的太阳像患了感冒一样无精打采。在家里,即使把门窗严严实实地关紧了,室内的各种家具上还是会落满沙尘。

沙尘会眯住人的眼睛,会钻进嘴巴,会钻进鼻孔,会钻进耳朵,差不多整个人都是灰头土脸的。

遇到这样的天气,只要三个孩子从外面回家,爱干净的妈妈总要他们把衣服从上到下拍打一遍,还要把头发由前往后捋一捋——不能把沙尘带回家里。

一家人不止一次埋怨过那些恼人的沙尘,真不知道它们是从哪里飘来的。如果有一道无比高大的墙能挡住那些风沙,该多好呀!

三个孩子想当然地觉得,那个"世界上最美的地方"是没有神经质天气的,是没有沙尘的。在这个时节一定是春暖花开,满眼是一片绿色,到处是蜂飞蝶舞,小松鼠、狍子什么的随处可见。

就是冲着从来没有见过的小松鼠和狍子什么的,他们也该去那里看看呀,何况他们的爸爸还在那里工作呢。

毫无疑问,三个孩子已经把塞罕坝之行看成了一次令人激动的奇妙之旅。

杨森是家里的老大,小学四年级学生,下学期就该读五年级了。妹妹杨沐是老二,小学二年级的学生。杨林最小,刚上幼儿园。

火车沿途停靠在一个又一个站台,下去一批乘客,又上来一批乘客,但是老杨一家一直在车上。

"爸爸,我们什么时候到呀?"这句话三个孩子不知问了多少遍。在他们看来,火车真是够快的了，火车应该很快就能把他们送到那个"世界上最美的地方"。

"不急，还得等一等。"这句话也不知爸爸回答了多少遍。

爸爸口里的"等一等"到底是多长时间呢？

三天！

这一路他们用了三天的时间。这是一个超出三个孩子想象的时间，也是一个超出妈妈想象的时间。

他们到承德火车站的时候，三个孩子是被他们的爸爸妈妈叫醒的，孩子们睁开眼睛以后，以为第一眼看见的会是那个"世界上最美的地方"，结果他们看见的是黑夜以及天幕上的繁星。

然后，他们从承德前往围场县城。这一次坐的不是火车，也没有火车可坐，他们坐的是敞篷汽车，而路也不是在北京见到的那种平坦宽阔的马路，而是高低不平的土路，汽车的后面总是嚣张地腾起一股股黄尘。

整整走了一天。

汽车后面的黄尘严重影响了三个孩子的心情，

他们的脸上有了疑虑:"世界上最美的地方"似乎不应该出现在这里呀。

他们所看见的地方,找不出一样东西能跟北京相比,田野空旷而显得有些荒凉,村庄的茅草屋是那么低矮、简陋,不知是不是身处汽车上的缘故,感觉比北京还要冷。

上汽车前爸爸就让他们添衣服了。

这是他们第二次添衣服了。如果再加衣服的话,就只能加棉衣了。一家人的棉衣都已经带来了,在那些大包的行李里。他们不仅带来了冬天的衣服,还带了棉被。

他们继续坐汽车到坝上。到坝上的路更难走,颠颠簸簸,还要不断地爬坡。妈妈晕车了,脸色蜡黄,不时地干呕。

他们又走了一天。

妈妈已经向爸爸投过去了好几次白眼,开始还顾及三个孩子,后来索性什么也不顾了,直接把冷脸甩给了爸爸。

一路上,一向严肃的爸爸脾气变得特别好,总是周到地照应着妈妈,总是小心地跟妈妈说话,他还不时去逗三个孩子，让他们高兴。尤其每次到吃饭的时间，爸爸总是非常慷慨地给他们买好吃的。

汽车终于停了下来，眼前是大片的石头滩，高高低低，看不见一棵树，也看不见一棵草，风不时卷起一股股沙尘。这些沙尘可比北京的沙尘厉害多了，简直叫人睁不开眼睛。

"是不是到了？"杨林问。

杨沐马上说："肯定没到！世界上最美的地方怎么可能会是这个样子呀。"

爸爸讪讪地笑了一下，对妈妈说："是还没到，汽车走不了了，之后得骑马！你们都把棉衣穿上，之后会更冷！"

"啊，还能骑马？"杨森欢呼起来。

能骑马真是一件很棒的事情，三个孩子谁也没有骑过马。今天他们还能骑马，这事要是说给北京胡同的伙伴们听，非得惊掉他们的下巴不可。

"啊，你们看，那里还有雪！"杨沐也欢呼起来。

除了爸爸，别人都顺着杨沐手指的方向看去，他们还真的看见了皑皑白雪，就在远方的山岭上。

杨林自作聪明地说："我知道了，那里就是世

世界上最美的地方   9

界上最美的地方！"

卸下行李，汽车掉头走了，大家穿好棉衣，不一会儿，五匹马向他们奔驰而来，是场部派来接他们的。

爸爸是个"大骗子"

爸爸明确告诉妈妈和三个孩子,他们已经到了塞罕坝。

然而,妈妈也好,三个孩子也好,他们谁也不相信,以为爸爸是在跟他们开玩笑,而且是一个比较过分的玩笑:这里怎么可能是塞罕坝呢?不是说塞罕坝是"世界上最美的地方"吗?参天大树呢?鸟语花香呢?珍禽异兽呢?千里松林呢?皇家猎场呢?……

什么也没有,满眼只有漫漫黄沙,只有起起伏伏的山岭,只有几丛伶仃的荆棘,只有几撮枯黄的茅草,简直就是蛮荒之地。

对了,还有大片大片的积雪。

三个孩子是喜欢雪的,他们可以在雪地上打雪仗、堆雪人。可是这会儿,他们却怎么也欢喜不起来,不是因为那些雪比较坚硬,搓不成雪团,也没有办法堆雪人,而是阳春三月竟然还有这么多的雪,太不可思议了!

这些雪有的是去年冬天留下的,有的是前一段时间的一场大雪留下的。在塞罕坝这个地方,曾经六月份还在下大雪。

虽说妈妈和三个孩子因为爸爸说的"不成样子"而有了一些思想准备,但是他们还是被眼前的景象吓呆了。

杨森问:"爸爸,这里真的是塞罕坝吗?"

杨林吸了一下鼻子,替爸爸做了回答:"一准不是!我们是走错了地方,对吧?"

杨沐连忙接过小弟的话,自作聪明地说:"我知道了,我们是来到了哈尔滨!爸爸,我说得对不对?"

在杨沐看来,哈尔滨是中国最冷的地方,而这里还有这么多的积雪,还这么冷,一定是哈尔滨了。

关于这里的冷，老杨是非常清楚的。

这里全年平均气温为零下1.3摄氏度，最低气温为零下43.3摄氏度，积雪时间长达七个月，年平均无霜期仅仅为五十二天，多在七八两个月，季节上是夏天，但充其量算是春天。这里最晚的一场雪六月份才下，最早的一场雪在八月份就来了。可以说，这里比哈尔滨还要冷。

那是一种怎样的冷呀？雪下得总是很大，没膝盖、没腰是经常的事，所有的道路基本无法通行。睡觉时，要关紧门窗，要把能穿的都穿上，要把能戴上的都戴上。尽管如此，整个人还是感到像处在冰窟窿里。早上起来，门窗都被紧紧地冻住了，窗玻璃上面是厚厚的霜花，床铺上的被子上面是一层薄雪一样的霜，毡子则冻在炕上，不用铲子小心翼翼地铲，就没法把毡子卷起来，更恐怖的是，暖水瓶里前一天晚上灌的开水都冻了起来。

至于人，手脚冻得麻木了，感觉差不多成了"冰棍"，尽管已经把能盖的都压在了身上。

这就是爸爸要把一家人的所有棉衣还有四床被褥带来的原因。

除了冷，这里还有两个特色：一是多风，一年里七级以上的大风日多达七十五天；二是干旱，年平均降水量仅四百多毫米。

所有这些，爸爸都没有跟妈妈还有三个孩子说，他暂时也不会说，怕吓着他们，更怕把他们吓回去。

无论怎么样，他们都不能回去，从这一天起，他们就不再是北京人了，而是塞罕坝人。

杨森冲妹妹撇了一下嘴，说："我们为什么要来哈尔滨呢？不是说要去世界上最美的地方吗？"

一直没有说话的妈妈这时蹦出两个字："骗子！"

三个孩子齐刷刷地看向妈妈，然后又齐刷刷地盯着爸爸，他们很容易看出来，妈妈生气了，而且是生爸爸的气，"骗子"这两个字说的无疑也是爸爸。

爸爸心虚地看看三个孩子，然后伸手在脸上抹了一把，讪讪地对妈妈说："条件是艰苦一点儿……"

在家的时候，爸爸就对妈妈说了这句话，算是"打预防针"。可是，这里的条件岂止是"艰苦一点儿"呀?

爸爸又对三个孩子说:"你们放心,这里很快会好起来。我敢跟你们打赌,这里将来一定会重新变成世界上最美的地方——"

妈妈咬牙切齿地打断爸爸的话:"你就是个大骗子!"

三个孩子愕然,他们的妈妈从来没有这样过。妈妈是有文化的人,和爸爸一样都是知识分子。在北京的时候,大多数时间里妈妈都是温文尔雅的,只有三个孩子把妈妈惹急了,妈妈才会发脾气。一般情况下,三个孩子也不会在乎妈妈的那点脾气,在家里,他们更畏惧的是爸爸。

爸爸愣怔地看着妈妈,再一次伸手在脸上抹了一把,近乎哀求地低声对妈妈说:"你别这样呀,我是党员,我是干部……"

妈妈没有再说什么,她知道"大骗子"也只能在这个屋里说说,算是气话,出了这个屋她是万万不会说的。当初林业部组建塞罕坝林场时,爸爸一开始就报了名,那时他就对妈妈说过:"我是党员呀,党员不走在前面,还指望谁?"

一切刚刚开始。

一家五口人挤在一间屋子里。那是怎样的一间屋子呀？站在屋里，爸爸或者妈妈伸手就可以摸到屋顶。摆下两张床铺，两张床之间隔了一道帘子，这么一来屋里就显得特别的狭小，相互之间转个身都显得拥挤，带来的那些衣服和被褥要么放在床上，要么塞进床底下。

爸爸说，这样好，一家人挤在一起，以后冬天就不冷了。爸爸所说的冬天就是零下三四十摄氏度的冬天。

塞罕坝林场的住房比较紧张，几乎都是林场职工自己搭建的，而且都不是真正意义上的住房，有的是简陋的小平房，有的是窝棚，有的是马棚羊圈，有的甚至是临时搭建的马架子、帐篷、草棚。

要知道，在爸爸他们来之前，这里什么也没有。

爸爸是一个爱读书的人，最初来塞罕坝就带了许多书，有的书吊在屋顶上，有的书摆放在屋角的书架上，那是爸爸自己制作的书架：在屋角埋几根木料，木料之间钉上几块木板。

这间屋子原本是爸爸和另一个林场职工的宿舍，还是两个人的厨房。前些天那位职工得知妈妈和三个孩子要来，就搬了出去。

妈妈和三个孩子来了，这间屋子就做不了厨房了。新厨房紧靠着这间屋的南面，是爸爸回北京之前和工友一起搭建的。厨房的地下被爸爸挖了一个地窖，里面可以放一家人的粮食什么的。

晚上点的是煤油灯。塞罕坝没有通电，直到二十世纪九十年代告别煤油灯之前，塞罕坝人点了近四十年的煤油灯。

一个人的一生有多少个四十年呀？

一家人在塞罕坝吃的第一顿饭是黑莜面饼和炒蘑菇，这是林场特意送来的，是塞罕坝能拿出来招待客人的最好的饭菜——妈妈和三个孩子虽然不能算客人，但是他们毕竟是从遥远的北京来的。

看见这样的饭菜，杨森用筷子敲了敲碗，问："这东西能吃吗？不是喂猪的吧？"

"怎么不能吃了？有营养着哩！"爸爸一边说，一边香甜地吃起来。

妈妈用筷子小心地挑了一点儿，送进嘴巴里。

三个孩子紧盯着妈妈。

"还……行吧。"妈妈说。

有了妈妈的这句话,三个孩子也开始吃起来,他们一会儿皱着眉头,一会儿龇牙咧嘴。说真的,一点儿也不好吃,还有一股说不出的怪味,要比北京的饭菜,比路上吃的,差远了。

杨林在饭桌上问了爸爸一个问题,这也是杨森和杨沐想问的:"爸爸,我们什么时候回北京呀?"

妈妈看看杨林,没有说话,因为妈妈知道,刚来就想着回北京,这是不可能实现的。他们不是来做客的,他们是搬家,是把北京的家安到塞罕坝来。

那么,以后呢?爸爸还没有跟妈妈说过"以后"。

杨森和杨沐看着爸爸。

爸爸看看妈妈,对杨林说:"来到了塞罕坝,我们就是塞罕坝的人呀!"

"我不想做塞罕坝的人,我要做北京的人!"杨林大声说着,就好像声音不大别人就不足以知道他的态度一样。

杨森和杨沐相互看了一眼，目光传递了同一种意思：只要弟弟回北京，他们绝对也要回北京。北京好呀，北京比这里暖和，北京有电灯，北京有好吃的饭菜，北京有宽敞的家。北京还有宽阔的马路，家里有两辆自行车，那是爸爸妈妈上班的交通工具，只要到了星期天，他们就可以骑上自行车带着杨林满胡同串。就靠着自行车，他们去过天安门，去过颐和园，去过天坛。

爸爸看着杨林，脸上的表情慢慢地严肃了起来："塞罕坝人，北京人，都是中国人呀！"

杨林眨巴着眼睛，说不出话来。

爸爸又说："在我们塞罕坝，有来自北京的人，有来自河北的人，有来自东北的人……大家来自全国的十八个省（市），我们的目的只有一个，就是让塞罕坝重新成为世界上最美的地方……"

爸爸越说越激动，还挥舞起手来，似乎要给大家做报告。

妈妈这时哼了一声，对爸爸说："都这么长时间了，你们栽的树呢？"

在妈妈看来，栽树并不是一件多么难的事情，她也栽过树,用锹挖一个坑,把树放进去,填上土,浇上水,就完事了。既然这样,过了一年多的时间,在他们今天来塞罕坝的路上(包括他们的住地)应该能看见大片大片的树林,只等春暖花开时节,一棵棵树绽放出新绿,在风中摇曳,可是妈妈没有看见这样的场景。

爸爸一下子闭上了嘴,心虚地收回目光,嗫嚅着说:"我们……我们遇到了困难……"

那可不是一般的困难。

重重困难

大家都不习惯一家人挤在那么狭小的空间里,屋内无法甩开膀子走动,更不能随意地蹦蹦跳跳,真教人感到说不出的别扭与憋屈。

那么,三个孩子是不是可以到外面玩呢?

在北京的时候,晚上往往一吃完饭,就看不见三个孩子的人影了。

在塞罕坝,地域辽阔,却没有地方玩,他们又能跟谁玩呢?更主要的是外面寒冷,干冷干冷的,让人提不起兴趣玩。

一家人只好早早地躺到了床上。尽管旅途劳累,但是谁也没有睡意。

"我给大家讲讲我们的塞罕坝吧——"爸爸说。

做了塞罕坝的人，怎么能不了解塞罕坝呢？

"爸爸先问你们一个问题，"爸爸说，"你们知道北京的沙尘是从哪里来的吗？"

杨林第一个说："是从天上来的！"

杨沐说："是风刮来的！"

杨森想了一下，说："是从东北方向来的！"

"嗯，你们说的话都有点道理。"爸爸赞许地说，"跟你们说，北京的沙尘主要来自浑善达克沙地、巴丹吉林沙漠等地方，其中浑善达克与北京的直线距离只有一百八十公里。浑善达克平均海拔一千一百多米，北京呢？北京的平均海拔只有四十多米。这么一来，只要刮起东北大风，风就很容易把高处的沙尘吹到低处的北京来了。你们不知道，在塞罕坝不成样子前，北京可没有那么多沙尘……"

"这是为什么呢？"杨森忍不住问，因为从他有记忆开始，北京就有讨厌的沙尘，而且时间比较长，往往从冬天开始，要持续到来年的三四月。他甚至觉得北京的沙尘一直就有。

"森森的这个问题问得好……"爸爸说。

在塞罕坝还是"千里松林",是"世界上最美的地方"的时候,它就像一道巨大的绿色屏障,树立在浑善达克与北京之间,阻挡着沙尘对北京的侵袭。所以,那时候的北京沙尘少,太阳总是明明亮亮的,空气新鲜,在外面晾晒衣服根本就不用担心上面落满沙尘,家里的窗子可以从早开到晚……

杨沐插了一句话:"那塞罕坝的树到哪儿去了呢?"

爸爸叹息了一声,继续说:"清朝后期,统治者并没有好好珍惜塞罕坝,只知道一味地索取,却没有长远的规划与保护,致使塞罕坝遭受了许多灾难,而且几乎都是人为的灾难。

"为了扩建北京的圆明园和承德的避暑山庄,乾隆年间,就从塞罕坝砍伐了大量古松。

"统治者无疑开了一个非常坏的口子,此后,塞罕坝不断出现流民盗伐、偷猎的现象。

"到了清末,国运衰落,政治腐败,国库空虚,统治者便把目光投到了塞罕坝:那里的树可以换成银子,那里的地可以向佃农放垦。

"没有人考虑塞罕坝需要可持续发展,这些行为必然使塞罕坝的生态遭到大规模破坏。

"一九三三年,日本侵略者侵占承德,又对塞罕坝的森林资源进行了贪婪的掠夺。

"真是雪上加霜呀!

"更要命的是,还有山火。由于来塞罕坝的人多了,又管理不善,经常发生火灾。只要起火,往往在风的'助攻'下,熊熊烈火要燃烧十多天,甚至一个月。

"到新中国成立前,塞罕坝这个'世界上最美的地方'已不复存在,只剩下漫漫黄沙,正如一句诗'黄沙遮天日,飞鸟无栖树'形容的那样。没有了塞罕坝这道天然的绿色屏障,来自西伯利亚的寒风更加肆意妄为,不断加剧着大地的沙漠化,不断把流沙往南推移,也就是往京津冀的方向推移。

"如果再不果断采取措施,北京总有一天会成为黄沙的天下,无法适合人类生存……"

"你们愿意有这么一天吗?"爸爸目光炯炯地看着三个孩子问道。

杨林大声说:"不愿意!"

杨沐也大声说:"我也不愿意!"

杨森握起拳头说："那就多栽树，越多越好！"

北京是中国的首都，是他们出生的地方，是他们成长的地方，有天安门，有故宫，有颐和园，有天坛……有许许多多的名胜古迹。如果有一天北京被黄沙给埋没了，那该是多么令人痛心的事情啊！

妈妈虽然没有说话，但是她的表情说明她把爸爸的话听进去了。

"是呀，是呀，多栽树，越多越好，有了树就能防沙治沙了，有了树就能保卫我们的北京了！可是，"爸爸话锋一转，语气深沉起来，眉头也皱起来，"毁林容易，造林难哪，在塞罕坝栽树实在是太难了……"

如果不难，他也不会把妻儿接来了。爸爸非常清楚，把他们从北京接到塞罕坝来意味着什么。

三个孩子目不转睛地看着爸爸，好像第一次发现爸爸跟以前相比，老了许多，也黑了许多，黑里还透着红，那是高原红。

爸爸他们刚来到塞罕坝时，也以为栽树是一件很容易的事。

那时候，连同爸爸在内，三百六十九名来自全国各地的热血青年响应党的号召来到塞罕坝，他们的平均年龄不到二十四岁，其中有大中专毕业生一百二十七名。在这里，无论是干部、工人、大学生，他们的身份都是一样的：塞罕坝的创业者。

他们的心愿也是一样的："为首都阻沙源，为京津涵水源"，绿化祖国，奉献青春。

在他们的想象里，这片沙漠化的大地在他们辛勤汗水的浇灌下，必将会很快被绿色所覆盖，然后，一棵棵参天大树将拔地而起。

于是，大家满怀希望地栽下一棵棵树苗，在近两年的时间里栽下了两千多亩的落叶松。

"你们不知道，在那段时间里，大家吃了多少苦呀！"爸爸动情地说。

在那近两年的时间里，第一批塞罕坝的建设者住着最简陋的房子，吃着难以下咽的莜麦面，忍受着塞罕坝的闭塞，忍受着对家人的思念，忍受着零下三四十摄氏度的严寒，披星戴月，做着最繁重的体力劳动，不少人即使生病了也硬撑着。

那些刚刚从大学校园走出来的大学生，一直有人担心他们是不是能坚持下来，可是他们不但挺了过来，而且劲头毫不亚于别人。

毕业于张家口林业干部学校的卢承亮，做了三道口林场党支部书记后，还骑马去内蒙古寻找兽医给场部生病的牛羊看病。那天回来的路上，过河时，他和马一起掉入冰窟窿里。卢承亮第一时间想到的是马，而不是自己的安危。最终马得救了，卢承亮也脱离了危险，但他从此被风湿病缠上了。

毕业于农校的周秀珍是北曼甸林场唯一的女性，一直在苗圃工作，她的丈夫郭玉德也是林场职工。虽说两个人同在林场上班，但是林场方圆百万亩，各自的工作又是那么紧张繁忙，夫妻俩两三个月都难得见一次面，俨然是"异地分居"。

在塞罕坝，像这样的夫妻又何止这一对呀？

刘滨和王友兰也是一对夫妻，在东北林业大学时不但是同学，还都是学生干部。他们来塞罕坝之前，父母都为他们安排好了工作，但是他们执意来到塞罕坝。为了表明决心，也是为了更好地照顾对方，两个人在临行前结了婚。这对新婚燕尔的夫妻在塞罕坝没有浪漫，没有卿卿我我，只有日复一日的繁重、单调的体力劳动。

……

然而,大家的艰苦努力却没有换来胜利的喜悦,他们在近两年的时间里栽下了两千多亩的落叶松,成活率却不到百分之八。而这些种下的树能不能成林,能不能在以后抵御严寒、干旱等自然灾害,在塞罕坝这个地方,谁也不敢打包票。

大家的信心一落千丈。

有人开始怀疑所做的努力是不是值得,有人认定塞罕坝已经失去了种树的自然条件,有人后悔当初的选择,更有人做了"逃兵",连招呼也不打就偷偷溜走了。

悲观、绝望的情绪一下子笼罩了塞罕坝。原本对塞罕坝亲切的称呼"我们的塞罕坝",如今变成了深恶痛绝的"这该死的鬼地方"。每次上工地,不少人由火烧火燎变得拖拖拉拉,工友之间吵架的事情也时有发生,说不清具体的缘由,反正心里感到憋屈、窝囊、火气大……

刚刚建起的塞罕坝机械林场到了严峻的关头。

就在这种情况下,林场的领导王尚海、刘文

仕、张启恩等人带头把家从承德、北京等城市搬到了塞罕坝，其中就包括三个孩子的爸爸老杨。

四十岁的王尚海属于老革命，他年轻的时候就参加了革命，抗战那会儿担任过游击队长。新中国成立后曾担任围场县第一任县委书记，来塞罕坝前是承德专署农业局局长。

三十五岁的刘文仕是一位年轻有为的干部。他二十多岁时就担任共青团丰宁县青工部部长，调任前是承德专署林业局局长。

四十二岁的张启恩是北京人，来塞罕坝前是林业部的工程师。他是业内有名的才子，毕业于北京大学农学院林学系，还出版过学术著作。在北京，他有一个舒适的家，但为了塞罕坝，他把妻儿都接来了。要知道，他的妻子也是一名高级知识分子，在中国林科院植物遗传研究所工作。

……

为了国家这个"大家"，他们舍弃了个人的"小家"。

林场领导的行为一下子稳定了"军心"，党员干部都把家搬来了，别人还能说什么呢？

党员干部不只是把家搬来，他们还从生活上关心职工，特别是晚上睡觉时，党员干部、班组长必须睡在工棚的门口，为群众挡风……

这些，爸爸没有跟妈妈和三个孩子讲。

"塞罕坝是不是真不能种树呀？"妈妈问。

杨森问："要是真不能种树，怎么办？"

"还能怎么办？大家都回家呀！"杨沐说。

一句话到了杨林的嘴边，不过想起爸爸之前严肃的态度，他马上咽了回去，然后期待地看着爸爸。杨林咽下去的话是"回家好，还是回北京的家好"。

"塞罕坝肯定能种活树，'神树'就是证明！"爸爸坚定地说。

"啊，还有'神树'？"三个孩子同时吃惊地叫起来。

跟"神树"打招呼

"神树"是不是有呼风唤雨的本领呢?跟"神树"许愿是不是就能实现自己的愿望?既然有"神树",塞罕坝怎么还有那么多的树栽不活?……

一路上,三个孩子问了爸爸许多问题。杨林甚至说,"神树"要是把自己的树叶摘下来,撒出去,树叶落下去的地方就长出一棵棵小树。杨林这是把"神树"的树叶当成孙悟空的毫毛了。

爸爸一直笑而不语。

在辽阔的荒漠上走呀走呀,走了近三个小时,突然他们就看见了一棵树,高大,挺拔,是一棵落叶松。

真的很突然,感觉它就像从地里一下子冒出来似的。

妈妈也好，三个孩子也好，一瞬间都被镇住了。放眼望去，再也没有别的树了，只有这一棵树，近二十米高，树皮斑驳沧桑，主干苍劲，树梢有被雷电击伤过的痕迹，树枝不是很茂密，有的树枝已经枯死了，但无论是死了的，还是活着的，都一根根努力向四周伸展开去，刺向天空……

在树根部位，有碗口大的石头堆砌了一圈。这些石头是有心人为了保护大树而堆放的，还是昔日依傍大树搭建蒙古包时遗留下来的？

在茫茫大漠上，这棵落叶松显得那么孤独，那么倔强，又那么自负，像一座穿越时光的青铜宝塔。

"为什么只有这一棵？"杨林问。

杨沐也问："是呀，为什么只有一棵？"

妈妈看着爸爸，等着爸爸回答。

爸爸挠了挠头，说："不知道，反正整个塞罕坝，只有这么一棵古树。"

这棵松树至少有两百年的树龄，它经历了塞罕坝木兰围场的繁茂与荣光，经历了塞罕坝乱砍滥伐的衰败与落寞，经历了旧时代的战火，经历了塞罕坝最干旱的日子，经历了塞罕坝最严寒、最漫长的冬季，经历了塞罕坝最大的风雪和冰雹……

这是一棵阅历丰富的树。

为什么只有这一棵树？它是怎样逃过塞罕坝的一次次劫难而幸存下来的？它是在等什么吗？它是想告诉人们什么吗？这些问题只有这棵树自己知道。

"杨森，你们三个去抱一抱树！"爸爸说。

三个孩子小心地走过去，手拉手，正好可以把树合围起来。

爸爸的意思是，这是跟"神树"打招呼，从此，他的三个孩子也将成为塞罕坝人。

杨森不由得在心里想象着，如果遍地是这样的树，那么塞罕坝无疑像爸爸说的是"世界上最美的地方"。

爸爸说，这棵树跟一个人之间有一段故事，没有这个故事，也许就没有塞罕坝机械林场。没有塞罕坝机械林场，爸爸他们这些林业建设者也许就不会来到塞罕坝。可以说，是这个至关重要的人彻底

34　中华先锋人物故事汇　塞罕坝林场先进群体

改变了塞罕坝的未来。

这个人叫刘琨。

刘琨也是一位老革命。他出生于山东荣成县的一个普通农民家庭，十七岁参加工作，同年加入中国共产党。在抗日战争、解放战争中，他出生入死，英勇顽强。

后来刘琨担任国家林业部国营林场管理总局副局长。一九六一年，四十岁不到的刘琨带着林业部的一项重大任务来到塞罕坝，随行的有六名专家。

林业部决定在河北北部建立一座百万亩规模的大型国有林场，在那里植树造林，防风固沙，以此作为一道绿色屏障，阻断风沙入侵北京、天津地区。

无论是地理位置，还是历史渊源，塞罕坝无疑是建立大型林场最适合的地方，如果成功了，也算是再现塞罕坝昔日的辉煌。

刘琨以及专家们的任务就是实地考察，看塞罕坝到底能不能种出树来，若是能，又适合种什么样的树。

事实上，在一九五八年，塞罕坝就建起了大唤起、阴河等小型林场。一九五九年大脑袋山林场又开始植树造林，可惜没有成功，人们还由此得出一个结论：塞罕坝自然条件实在太恶劣了，几乎完全沙漠化的大地已经失去了植树造林的条件。

刘琨却心存一丝希望，曾经的"千里松林"怎么就种不活树了？按说过去能，现在也能呀。

凭着这一丝希望，刘琨他们来了。

那是十月，塞罕坝呼呼的北风咆哮着，坚硬的雪花漫天飞舞，落在脸上就像被沙石击中一样疼，天地之间一片白茫茫，能见度极低。这时刮的寒风就是当地人所说的"白毛风"。

这样的天气是不适合考察的，即使乘坐汽车或者骑马，都有可能遇到生命危险，但是刘琨一行人没有畏惧，三天的时间里，他们冒着严寒，顶着风雪，走遍了四千多平方千米的土地，看了该看的地方，走了该走的地方。

刘琨他们不得不承认，塞罕坝的现实是残酷的。植被完全被破坏，地表土壤很薄，三天里没有看见一棵树，而且这里海拔高，气候条件也异常恶劣。

在人迹罕至的荒凉之地，不要说种树了，人想要在这个地方平安地生存下来，也需要奇迹。

同行的专家给刘琨泼冷水：这里也许能种活几棵树，但是如果形不成大面积的林木，后期它们就可能被冻死、被旱死，总不能为几棵树在这里建林场吧？那人力成本、物力成本要不要算？国家正处于困难时期呀。

专家给出的建议是，放弃塞罕坝，在河北重新找一个各方面条件比较好的地方植树造林。

刘琨心里放不下塞罕坝，他始终觉得塞罕坝是最适合建设大型国有林场的好地方。可是他找不出反驳的理由，所见所闻已经很明确地告诉他：塞罕坝过去是"千里松林"，但在今天不一定能种活树。

刘琨只得一次次说："好不容易来一次，我们再走走，再看看！"

平和的话语里，透着一种不达目的决不罢休的坚决。

就这样，刘琨领着专家继续走，继续看。当他们走到塞罕坝与赤峰的交界处时，就石破天惊地发现了这棵"神树"——这是一棵从"千里松林"时代遗留下来的树，少说也该有二百多岁了吧？它能安然地活到今天，不是"神树"，是什么？

那一刻，大家简直不敢相信自己的眼睛，太不可思议了。

刘琨走到树跟前，深情地抚摸着树干，热泪止不住滚落下来，喃喃地说："太好了，它就是历史的见证、活的标本。有了它，就可以证明，塞罕坝可以长出参天大树来。今天有一棵松，明天就会有亿万棵松！"

这一棵松树后来被塞罕坝人称为"功勋树"。

这棵功勋树掀开了塞罕坝新篇章。

一九六二年，国家决定正式在塞罕坝建立一座林业部直属的大型国营机械林场，将原来的大唤起林场、阴河林场与塞罕坝林场合并起来，统称塞罕坝机械林场。

对于新成立的塞罕坝机械林场，林业部确定了四项任务：

一、建成大面积用材林基地，生产中小径级用材；

二、改变当地自然气候，保持水土，为改变京津地带风沙危害创造条件；

三、研究积累高寒地区大面积造林和育林的经验；

四、研究积累大型国有机械林场经营管理的经验。

一家人怀着复杂的心情离开"神树"，"神树"没能保佑栽下的树都活下来，近两年的时间只栽活了那么点树，想要完成这四项任务，简直是天方夜谭。

在回来的路上，杨林不断嚷嚷着，一会儿说走不动了，一会儿说肚子饿了。当爸爸掏出莜麦窝头给他时，他竟然把莜麦窝头扔到地上，说："难吃死了，我才不吃！"杨林要吃的是苹果、梨，是北京的葱油饼，是面包、饼干。

在塞罕坝哪有这些金贵的食物呀？塞罕坝最金贵的美食是难得一见的白面条，是难得一见的盐水煮黄豆。

三个孩子很快就会知道，塞罕坝人的主食是全麸黑莜面，用它做面条、窝头，能变出的花样就是在其中加一些野菜，其次是土豆和咸菜。喝的呢？

是雪水、雨水、沟河里的水。只要他们在塞罕坝待下去，他们的肚子就得一天天地接受它们。

杨林分明是胡搅蛮缠了。

要在往日，爸爸可不会任由杨林这样。可这次，爸爸过去把那个被扔到地上石头一样硬的莜麦窝头捡起来，重新揣回了兜里，好言好语地对杨林说："好好，等以后爸爸给你买苹果、梨、葱油饼、面包、饼干！"

杨林大概也知道，爸爸的话是难以相信的，他索性坐到沙地上，不肯起来了。

也真是奇怪，在北京城的时候，三个孩子可以在外面玩一整天，怎么到了塞罕坝就走不动路了？

爸爸明白了，过去背上杨林。

到了爸爸的背上，杨林得意地冲杨森和杨沐笑。

杨沐白了一眼杨林，嘟了嘟嘴，什么话也没说。她是不想说，她也想有人能背她，可是又有谁会背她呢？除非她比杨林还小。

杨森走在最前面，他心里有一个问题一直想问爸爸，但是忍住了。他不是杨林，杨林可以要爸爸背，可以刚到塞罕坝就惦记着回北京。他是哥哥，用爸妈经常对他说的话叫他得做杨林和杨沐的榜样。

杨森想问的问题是：如果他们再栽下的树还是只活了那么几棵，到时候他们一家人是不是就可以回北京了？

不久，杨林在爸爸的背上睡着了。大概因为睡着了，杨林变得软绵绵的，不时要从爸爸的背上滑下来。这时爸爸就站住，双手托住杨林的臀部往上送一送，然后继续走……

一路上，爸爸不断重复着这个动作。

这个动作是要消耗体力的。当爸爸开始喘起粗气来，头上冒出了汗珠时，妈妈走到爸爸跟前，说："我来背一会儿。"

"我行！"爸爸说。

妈妈硬是从爸爸的背上抱下杨林："行什么呀？你看你头上的汗！"

杨林只是睁了睁眼睛，然后用双手搂住妈妈的脖子，脸上一副很惬意的表情。说真的，要是在北京，这样的事情是绝不可能发生的。

当妈妈开始喘粗气,头上冒汗时,杨森看不过去了,他过去背起杨林。

刚背上杨林一会儿,杨森就故意让杨林从自己的背上滑到地上,至于有没有把杨林的屁股摔疼了,杨森是不管的,他要的是把杨林摔醒。在杨林咧着嘴巴打算表示一下委屈时,杨森不易察觉地用手捅了他一下,不乏威严地说:"你自己走!"

杨林只好站起来,乖乖地往前走。他是有些畏惧杨森的,杨森的杀手锏是出去玩时不带上他。

杨沐给杨林投过去一个幸灾乐祸的笑。

"你笑什么?"杨林不高兴地问。

"你管不着!"杨沐扬了扬脖子,并且故意哈哈笑出声音来。

杨林突然就恼了,朝杨沐追过去。

杨沐当然不会让杨林追上,她像一头小鹿一样跑了起来。

看见两个孩子追远了,妈妈对爸爸说:"有了'神树',你们不也没有把树栽好吗?"

这个问题从妈妈看见"神树"时就憋在心里了。

这个问题跟杨森的问题有近似之处。杨森看着爸爸，想知道他怎么回答。

爸爸愣了愣，脸上似乎掉下一层东西，讷讷地说："对不起呀……让你和孩子受苦了……树嘛，我们正在想办法！"

爸爸在北京的家时就对妈妈不止一次说过"对不起"了，只要爸爸一说"对不起"，妈妈就不再说什么。

妈妈的问题戳到了爸爸的痛处，那也是塞罕坝人的痛处：经历风风雨雨，"神树"能健壮地活到现在，他们栽的树为什么绝大部分不能活下来呢？到底是哪里出了问题？

林场确实在想办法，找原因。

大灰狼的故事

早饭照例是难以下咽的莜麦窝头。三个孩子都把自己该吃的那一份吃了,因为他们知道,家里可没有别的食物,如果拒绝莜麦窝头,那就意味着饿肚子。饿一顿两顿可以,谁又能天天饿肚子呢?

"早知道,我们应该多带一些吃的来!"杨沐说。

杨林非常赞成姐姐的说法:"是呀,衣服被子不用带那么多,都带吃的!"

"水果啦,蔬菜啦,面包、饼干啦……"

"是呀,还要带肉!"

"最好是肥肉!"

……

两个孩子说得口水都流了出来，原来那么多在北京寻常的食物放到塞罕坝都是难得的美味啊！

杨森冲他们哼了一声，露出"懒得理你们"的表情。就是把他们所说的那些食物都带上了，又够他们吃多长时间呢？杨森已经预感到他们在塞罕坝待的时间会长一点儿，不可能只是三五天。杨森能想到的时间是一两个月。一两个月之后，他们得回北京。不回去怎么行？他们都得上学呀。虽然都把书包带来了，但是塞罕坝没有学校，他们就是想做插班生，也不可能。

爸爸妈妈都没有说话，也没有阻止两个孩子说话。

吃过早饭，走之前，爸爸叮嘱三个孩子要是出去，千万不能跑远了，一方面有可能迷路，另一方面有可能遇到狼。

听说有狼，妈妈和三个孩子都被吓坏了，杨林哇哇叫着，杨沐直接钻进了被子里，只有杨森看上去比较镇定。

妈妈立刻埋怨爸爸："啊，有狼，你怎么不早说？"

好像说早了,妈妈和三个孩子就不会来到塞罕坝了一样。

"是听说,是听说,这么长时间,我也没见过狼……对不起呀……"爸爸朝妈妈露出讨好的笑容,然后爸爸不等妈妈再说什么,迅速出了门。

爸爸的话没有错,他是听说过,确实没有见过狼,但是塞罕坝还真有狼,牧民的羊被狼糟蹋过,有人也见过狼。

比如滕继高。

滕继高是石庙子作业区的一位施工员。这一天他背着给工友捎带的东西从镇上往回赶,天很黑,前天还下过雨,路很滑。走着,走着,滕继高感觉身后似乎有人,扭头一看,天哪,身后大约五十米的地方,有一双闪着绿光的眼睛盯着他!

一定是狼!

想到狼,滕继高的腿都吓软了。他从来没有见过狼,更没有对付狼的经验,但是他不想束手就擒。他意识到狼可能是冲他背的东西来的,那里面有猪肉,丢下猪肉,他无疑能逃命,但是这样他就无颜见工友了。大家在塞罕坝一年当中难得能在饭

大灰狼的故事

菜里见到肉呀,背回来的肉怎么能白送给狼呢?滕继高想大喊大叫吓跑狼,可是又怕引来更多的狼。没有办法,他只好走走停停,还吹起口哨,竭力装出不在乎的样子。岂料,狼与他始终保持着那段距离,他走,狼就走;他停,狼就停。

狼这是志在必得呀。

不知道时间过了多久,滕继高出了一身的冷汗。

危难时刻,多亏了妻子。妻子见丈夫一直不回来,就提着马灯沿路找来了。

看见马灯,滕继高不管不顾地喊叫起来,缠着他的狼终于被吓跑了。

妻子见到滕继高,奇怪地问:"大晚上的,你喊啥呀?"

滕继高没敢跟妻子说实话,就说:"我这么一喊,你不就知道我回来了吗?"

在最初的日子里,妻子几乎天天嚷着要回家,她曾经很直接地说过,在塞罕坝吃的是猪食,睡的是狗窝,喝的是风沙,这儿根本就不是人待的地方。她要是知道他今天晚上遇到了一只狼,真不知会把她吓成什么样呢。

除了狼,塞罕坝还有无数的蛇虫鼠蚁,目前它们都躲藏在冰冻的大地下面。

就是没有传闻中的狼,三个孩子又能到哪儿去呢?塞罕坝满眼是漫漫黄沙,既没有地方玩,也没有风景可看。

是不是可以串串门?那更不行,初来乍到,怎么能随便去别人家串门?

妈妈的目光在屋内扫了一圈,用商量的口吻对三个孩子说:"你们是不是可以把书拿出来读一读?作业再做一做?"

三个孩子都没有吭声,虽然他们的书包都带来了,但是没有学校,读什么书?做什么作业呀?

杨森说:"我们出去看看吧。"

"千万别跑远了!"妈妈严肃地说。

妈妈的严肃让杨沐和杨林都胆怯了,两个人都望着杨森,没有跟着出去的意思。

"胆小鬼!"杨森丢下三个字,独自一个人走出门。

外面除了风以及风卷起的沙尘,杨森没有看见一个人，每一扇门都关着，他也没有听到跟人有关的声音，就像走在世界的尽头一样……

杨森忽然感到有些发怵，便捡了一根木棒拿在手上，权当武器，对付传闻中的狼。

杨森一边走着，一边张望着，猛然听见旁边吱嘎一声，吓得他手中的木棒掉落到地上。他连忙循声看去，只见一扇门开出了一条缝隙，里面露出一个女孩子的脸，脸上两只乌溜溜的大眼睛看着他。

杨森转过脸，吁了一口气，竭力镇静下来。当他再去看那个女孩时，那扇门已经关上了。杨森没有再把木棒捡起来。

也许那个女孩还会偷偷看他，杨森便昂首挺胸继续往前走，不久又昂首挺胸地往回走。他发现那个大眼睛的女孩果然在门后面偷偷地看着他。

她是不是和他们一样，也是被自己的爸爸"骗"来的呢？

杨森回屋的时候，杨沐和杨林都盯着他，似乎想发现他身上少了什么——当然什么也没有少。

"看见狼没？"两个人同时问。

杨森一本正经地说看见了，跟《狼外婆》故事里面的大灰狼一模一样。他一看见大灰狼,就抓起一根木棒追过去,把大灰狼追得嗷嗷叫,夹着尾巴逃跑了。

杨森吹了一个很蹩脚的牛皮,但是杨林和杨沐还是愿意当真的一样来听。

杨林问:"你打着大灰狼没有呀?"

杨森说:"差一点点就打着了!"

杨林问:"它以后还来不来了?"

杨森反问:"你希望它来不来?"

杨林不假思索地说:"希望它来,我还没有看过大灰狼!"

杨森一笑:"可是它不会来了,被我追怕了!"

"你还能追上狼?"杨沐的嘴角翘了翘。

"我当然能追上呀!你们想,在塞罕坝,大灰狼能吃上什么呀?只有风和沙子。大灰狼跑的时候,我都听见了它肚子里沙沙的声音,那一准是沙子的声音……"

杨沐说:"应该还有雪的声音,没有水,大灰狼只能吃雪了!"

杨林说:"应该还有石子的声音,塞罕坝石

子多！"

"哈哈，大灰狼肚子里要是有石子，跑起来是不是肚子里哐啷哐啷响？"

"肯定哐啷哐啷响，这样我们就不用怕了！"

……

他们还编过这样一个故事：大灰狼冷得受不了，在夜深人静的时候跑进他们家的床底下。本来大灰狼是打算把谁当点心的（按杨沐的说法，杨林最小，大灰狼首先想到的就是他），但是天太冷了，大灰狼冻得嘴巴张不开。

这个故事使得杨林从这一天起，一连几天睡觉前都要看看床底下，睡觉时更是直接睡到床铺最靠里的地方。

时间在三个孩子编的故事里不知不觉地过去了。

杨森本来想说说那个大眼睛的女孩，结果都忘了说。

妈妈对孩子们的故事不感兴趣。

一开始，妈妈站在门口，目光空洞地看着远方。如果可能，她希望能看见北京，看见北京的家,看见北京道路上人来人往……

跟塞罕坝比起来,北京的日子简直就是天堂般的日子呀。那时候,妈妈每天穿着干净漂亮的衣服按时上班,按时下班,一日三餐想办法给她和三个孩子做美味的饭菜,操持各种家务。

那时候妈妈总抱怨自己很忙,总想着哪一天能真正闲一天,什么事情也不做,要么在家蒙头睡觉,要么到王府井大街逛一逛。现在妈妈既不想睡觉,也不想出去逛,妈妈只想做事情。

妈妈第一次觉得在这个世界上,没有事情可做才是最无聊的,也是最可怕的。

后来妈妈去收拾带来的行李,所谓收拾不过是把那些东西拿出来,然后再放回去。接着,妈妈又去收拾爸爸的书架,把书拿出来,到门口拍一拍书上面的灰尘,然后再放回书架上。

这是妈妈在屋里所能做的全部事情。

下午,妈妈在棚子里看见一把铁锹,就用铁锹在屋前面的一块空地上挖地。

三个孩子对妈妈挖地感到很奇怪,一致以为妈妈是要栽树,哪想到妈妈告诉他们,她打算等春天到了种菜。

"没有蔬菜吃怎么行?"妈妈这样说,"到时候我要栽上黄瓜,栽上大白菜,栽上土豆……也不知道这些能不能栽活。"

三个孩子呆呆地看着妈妈。北京城的春天已经到了,但是塞罕坝的春天哪天到呀?等春天到了,种上蔬菜,再等蔬菜长成熟了,那得需要多长时间呀?

"妈,我们不回去啦?"杨沐拉长腔调说。

杨林直接喊起来:"我要回北京!过几天就回北京!我要上幼儿园!"

杨沐跟着喊:"我要上学!"

回去上学是回北京最好、最有力的借口。

杨森心里滚过一阵失望,看来在塞罕坝待的时间不是一两个月了,而是三五个月,甚至是一年半载了。这是一个完全超出杨森想象的时间。

妈妈头也不抬地说:"别跟我喊,有本事跟你们爸去喊!"

有了妈妈的这句话,杨森便鼓动杨沐和杨林说:"等爸爸回来,我们跟爸爸喊!"

杨森知道人多力量大的道理，到时候他们三个人都朝爸爸喊，说不定爸爸会改变主意，看在他们要读书的份上，让他们回北京。

爸爸一向是重视他们学习的。

他们等了一个下午，也没有看见爸爸的人影。吃过晚饭，他们在床上继续等，结果等得眼皮沉重地合上，也没有把爸爸等回来。

爸爸回来时，已经是深夜了。在蜡烛飘忽的光线中，他们已经像酣睡的小猪一样进入了梦乡。

一个意料之外的早晨

第二天,杨沐和杨林醒来时,金色的阳光透过窗子斜斜地照射到床上。

家里很静,没有一点儿声音,爸爸妈妈的床上也没有人。他们倒是看见了杨森,杨森坐在床头,他的脖子上多了一样东西,那是红领巾。在这个早晨,他们怎么看都觉得红领巾是那么鲜艳,简直像一团火,这一团火使得这个灰扑扑的屋子一下子有了梦幻般的色彩。

杨森的手上捧着一本书,那是他上学用的书。

两个人冲杨森一个劲儿地眨巴着眼睛。

"你还戴红领巾了!"杨沐说。

"你还读书!你今天是要去上学呀?"杨林问。

杨森说:"不上学。"

"不上学,你戴红领巾干什么?"杨沐和杨林一前一后地说。

"我……我……反正我喜欢戴!"

真实情况是,红领巾是爸爸给他戴上的,他都不知道爸爸给他把红领巾带来了。

杨沐换了一个问题:"爸爸呢?"

"爸爸去工地了。"

杨林连忙问:"你有没有跟爸爸喊?"

杨森用手抓了一下头,说:"我们不能跟爸爸喊,爸爸很忙!"

杨沐和杨林再一次眨巴着眼睛,还相互看了一眼。杨森的这个态度是出乎他们意料的,昨天他们都说好了,为了能尽快回北京,他们要一起朝爸爸喊,把爸爸喊得心里发毛,然后把他们都赶回北京。杨森怎么就忽然变卦了呢?

"你不想回北京了?"杨沐问。

"北京多好呀,我一点儿也不喜欢这里!"杨林说。

"你看看别人,他们都没有来塞罕坝呀!"杨沐口里的"别人""他们"是指胡同里的伙伴，是学校的同学，这时候他们都在学校里令人无比羡慕地读书或者玩耍。

杨森一时不知说什么好，他抽了一下鼻子，朝外面看看，然后想到一句话："我们的爸爸是党员呀！"

杨沐咽了口唾沫，又问："妈妈呢？"

"妈妈跟爸爸去工地了，以后妈妈也是林场的职工了！"杨森说，这是早晨爸爸告诉他的。

"啊？"杨沐的嘴巴都能塞进一个乒乓球了。妈妈明明要种菜的，结果却去工地劳动了，还做了林场的职工，太不可思议了。

杨林的目光从杨沐的脸上移到杨森的脸上，瘪了瘪嘴，忽然哭起来："我要回北京，我要回北京……"

妈妈都做了林场职工了，说明她不想回北京了。妈妈不回北京，他们就不可能回北京了——就是回北京的话，北京的家要是没有妈妈，那还叫家吗？

杨森鼻子发酸，但是他不能哭，也不能由着

杨林哭。他对杨林说:"行了,别闹了,起来吃早饭!"

杨林索性撒起泼来:"我就不起来,我就不吃早饭,我要吃油条,我要吃葱油饼,我要吃炸酱面……"

杨林还把枕头扔到地上。

杨森不理会杨林,对杨沐说:"沐沐,你可是小学生,以后也是要戴红领巾的,在塞罕坝,我们还要做好学生,等会儿我们读书,做作业!"

杨沐虽然噘了噘嘴,但还是乖乖地起床了。

没有人理会杨林了,他的哭声越来越小,枯坐了一会儿,嘟嘟囔囔地起来。

对三个孩子来说,尤其对杨森来说,这是一个意外的早晨,一想起来心里就感到沉甸甸的。

那时候熟睡的杨森是被爸爸叫醒的,他却没有去叫醒杨沐和杨林。

吃过早饭,爸爸拿出红领巾亲手给他戴上,然后认真地对他说:"森森,塞罕坝虽然暂时还没有学校,但是你还是少先队员呀,你要把红领巾戴上。你要是不戴红领巾,爸爸该担心你忘记自己是少先队员了。"

杨森当时下意识地挺了挺胸。

爸爸摸了摸杨森的头,又说:"森森,爸爸对不起你们,让你们吃苦了,但是爸爸是党员呀,爸爸能不听党的话吗?能不听毛主席的话吗?森森,你是少先队员,是革命事业的接班人,以后你要做妹妹和弟弟的榜样,帮爸爸妈妈照顾好妹妹和弟弟……"

爸爸从来没有对杨森说过这样的话,更没有对他说过"对不起",他愣愣地看着爸爸,像不认识爸爸一样。杨森真正理解爸爸的话(包括爸爸的"对不起")是在几十年后。

"我……"杨森不知道自己这时候该怎么做,他求援似的看向妈妈。想不到妈妈竟然对他说:"森森,妈妈等会儿跟爸爸一块儿去上班,你一定要带好妹妹和弟弟,千万不能让他们到处乱跑,千万不能玩火!中午你们不用做饭,窝头给你们留着了……对了,那个秀儿要是来玩,你们别欺负她!"

秀儿就是那个大眼睛女孩。

杨森彻底傻了。

"是呀,妈妈从今天起就是我们塞罕坝的职工了!"爸爸的这句话算是对杨森的解释。

要是由妈妈来解释的话,她也许会说,在塞罕坝,所有的大人都那么忙,她怎么能做闲人呢?老杨是干部,是党员,怎么说她也不能拖他的后腿。

爸爸妈妈走了后,杨森抚摸着胸前的红领巾,他很感激爸爸把红领巾带来,要不是红领巾,他恐怕真要忘记自己是少先队员了。

少先队员在塞罕坝该做什么呢?杨森很想做一件实实在在的事情,让爸爸妈妈觉得他是一个合格的少先队员。

栽树?他太小了。做家务?这么一个狭小的空间里,根本就没有什么家务可做。杨森想到妈妈昨天挖了一点儿的菜地。

杨森还真的去挖地了,可是他的力气还不足以让铁锹乖乖地听他使唤,而且地还冻着,硬得像石头。

杨森回屋掏出书,他要把那些学过的书再读一读。读书,是一个少先队员应该做的事情;读书,等于在塞罕坝继续做学生了。他不但自己要读书，还要教妹妹和弟弟读书。

杨沐啃了一个窝头，拿着自己的书包，挨着杨森也看起书来。

杨林心里的气还没有完全消，他一会儿把一只挡他道的鞋子踢进了床底下，那是杨森的鞋；一会儿用身体恨恨地撞一下爸爸的书架，差点把书架撞倒。啃窝头的时候，他的嘴巴里还叽叽咕咕说着"难吃死了"……

杨森故意不朝他看。

杨沐也故意不朝他看。

好不容易把窝头啃下肚，杨林打算到外面玩，刚走到门口，杨森说道："大灰狼正饿着肚子呢，你要是怕给大灰狼做点心，就给我老老实实待在家里！"

"哼，我才不怕大灰狼！"杨林大声说，但是他的脚步却在门前停住了。

"来吧，我们一起读书！"杨森缓了缓语气说，还过去把杨林的书包拿来了。

杨沐也说："来吧，我们一起读书！"

"我就不读书,我要唱歌!"说着,杨林大声唱起来,不管不顾地把好端端的一首歌唱得像喊叫。

为了压过杨林的声音,杨森和杨沐便大声读起书来。

在三个人响亮的声音里,忽然又出现了一个声音,是在他们声音的间隙里听见的,轻轻柔柔的,是从外面传来的。

三个人一下子都闭上了嘴巴,那声音越发清晰了,是一个人唱歌的声音。

"妈呀,大灰狼来了!"杨林大叫了一声,钻到了杨森的怀里。

"看你的胆子!大灰狼能发出这么好听的声音吗?"杨森说着走到了门前,猛地拉开门。

杨森看见一个女孩子轻快地跑了,脑后的马尾辫一甩一甩的,是那个大眼睛女孩,也就是秀儿,看来她是被他们的声音吸引来的。

确实是这样。

秀儿一个人在家,爸爸妈妈都去工地了。她和妈妈从承德来,比杨森他们早来三天。来到塞罕坝的时候,秀儿那双大眼睛哭得像红樱桃。她一点儿也不喜欢塞罕坝,这里住的是窝棚,吃的是莜麦面,大风把沙尘吹得满天飞,没有自来水,没有暖气,没有宽阔的马路,没有商店可以买零食……

更令秀儿难过的是,从此以后,少年宫舞蹈班里再也不会有她跳舞的身影了。

秀儿喜欢跳舞,唱歌也好听,还参加过市里的国庆演出,那一次演出她跳的角色是白天鹅。少年宫的老师甚至说,秀儿有跳舞的天赋,说不定将来能成为舞蹈家。

然而,在塞罕坝,秀儿能到哪儿学跳舞呢?塞罕坝连学校都没有,更别提少年宫了,看来在这里她只能做"丑小鸭"了。

秀儿的爸爸妈妈每天很早就上班去了,那时候太阳都没有升起,而到晚上,当他们回来时,天空已经是繁星密布。

秀儿没有带书包来。白天的漫长时间里,她一个人待在那低矮的草房子里,紧闭着门,因为爸爸妈妈再三叮嘱她不能出去乱跑。许多时候,她唱歌,她跳舞,可是没有别人的眼睛看着,没有别人的耳朵听着,她怎么也进不了那个状态。

秀儿还把她的时间花在门缝里,透过门缝看外面,看风怎么吹过,看沙尘怎么吹过,她以为她会看见一只到处闲逛的大灰狼,但是她没有看见。

知道杨主任家来了三个孩子,秀儿心里是有过欢喜和期待的,她也说不清自己欢喜什么、期待什么。

这一天,秀儿是被响亮的读书声和响亮的唱歌声吸引来的,原本打算在外面偷偷地听一听,哪想到她会情不自禁地唱起来,结果惊动了屋里的人。

秀儿有点害羞,她只能往家跑。

"秀儿,到我们家来玩呀!"这时杨森朝秀儿的背影大声喊了一句。

秀儿趔趄了一下,站住了。

秀儿慢慢地转过身,她看见杨主任家的三个孩子微笑着看着她……

从这一天起,秀儿成了杨森家的常客,她的脸上也有了花儿般的笑容。

突然出现的耗子

说实话,一开始杨森他们是喜欢这种不上学的状态的,早晨尽可以赖在床上,不用做作业,不用考试,玩耍的时候尽情地玩耍,丝毫不用介意老师的目光,因为这里根本就没有老师。

然而,随着时间的流逝,他们不约而同地想念起了上学的那些时光,在学校可以读到新的书,可以学唱歌,可以学画画,可以学到新的知识……

不错,他们在杨森的带领下读书了,也做作业了,可是那怎么能跟在学校比呀?学校才是他们获得真正快乐的地方!

在应该做学生的时候,他们就该待在学校里呀。怎么能天天惦记着玩呢?何况塞罕坝这个地方实在没有什么地方值得玩的。

这天夜幕降临的时候,爸爸一走进家门,就大声对他的三个孩子说:"告诉你们一个好消息,明天就可以上学了!"

这个消息太意外了,三个孩子不敢相信地相互看看。再看妈妈,她微笑着冲三个孩子点点头,说了两个字:"真的!"

三个孩子立刻欢呼起来。

第二天,连同秀儿,四个孩子背着书包,踏着晨光,一路欢歌笑语去上学。杨森的红领巾自然是要戴上的,所有的孩子都穿上了干净的衣服,秀儿看上去不像是去上学,而像是去少年宫练舞,眉眼里荡漾着甜蜜的笑意。

大家都是有预期的,塞罕坝不可能有像北京或者像承德那样的学校,不过那又有什么关系呢?只要是学校就行了。

当学校出现在他们的眼前时,他们还是傻眼了。

没有围墙,没有大门,没有教室,没有操场,没有篮球架……学校该有的,一样也没有。只有一间屋子，带炕的，曾经是林场职工的单身宿舍。墙上挂着一块不知从哪儿来的木板，上面用墨水刷了刷，就算是黑板了。

墙上用石灰水刷过，白白的。按说墙上应该写上"好好学习，天天向上"之类的标语，但是没有，大概还没有来得及写。屋内摆放着几张很旧的桌子、几把凳子，直让人怀疑那是从破烂堆里捡来的。那床炕显得多余而不伦不类。

"这是教室吗？"杨林问出了所有人想问的问题。

杨林问的是一个在忙着擦拭桌凳的人，那人看上去还不到十八岁，算是个大孩子。大孩子的头上流着汗，脸红扑扑的。杨森觉得他是害羞了，而害羞的原因是大家都好奇地看着他。

"是教室，是教室！"大孩子说。

"啊？这就是教室呀？"好几个孩子拉长了腔调说，其中就有秀儿。

"是教室，是教室！"大孩子的脸越发红了，仿佛用这样的一个地方做学生的教室是他的过错一样。不过，他的这句话还是微笑着说出来的。对今天来的每一个孩子，他都报以微笑。

"老师在哪儿？"杨林再一次问，这也是大家此刻最想问的问题。

大孩子看看大家，目光在杨森的红领巾上停留了片刻，声音忽然低下去了："我……是你们的……老师……"

"啊？你是老师？"好几个孩子这样说，他们的失望是显而易见的。

即使是那些没有说话的人，他们也无法把这个大孩子跟老师联系起来。如果说他也是来做学生的，他们倒是愿意相信。

大孩子的脸都红到耳朵根了。

大孩子确实是老师，叫孙强，十七岁。两天之前，他还是一名在校的即将毕业的中学生。那时候，他的老师明确地告诉他，塞罕坝的领导认准他了，要他去塞罕坝机械林场子弟小学做老师。

那感觉就像在做梦一样，而且"塞罕坝机械林场子弟小学"这学校的名字让孙强心里很是激动，并且有一种神圣感。

结果，孙强兴冲冲地来到这里一看，大失所

望,虽然"塞罕坝机械林场子弟小学"名字听着够响亮的,但是这是一所一无所有的学校。

"孩子会越来越多,条件会越来越好,你是塞罕坝机械林场子弟小学的第一任老师呀,也是第一任校长呀!"塞罕坝的领导可能想到孙强会打退堂鼓,便握着他的手情深意切地说,"留不住孩子,就留不住他们的爸爸妈妈。留不住他们的爸爸妈妈,谁来建设塞罕坝呢?你愿意看见塞罕坝就一直这么荒凉下去吗?"

孙强当然不愿意了,一个热血青年任何时候都不会推卸责任的。就这样,孙老师带着铺盖卷儿,住进了学校。

"你会唱歌吗?"问出这句话的是秀儿。

孙老师忙说:"我会,我会唱歌,会唱《东方红》……"

秀儿又问了一句:"你会跳舞吗?"

孙老师一下子泄气了:"我……不会……"

秀儿的嘴角翘了翘,潜台词很明确:你是老师,却不会跳舞。

杨沐这时说:"秀儿会跳舞,跳得可好看了!"

孙老师连忙高兴地说:"好呀,以后秀儿就做我们的舞蹈老师,教大家跳舞!"

秀儿真是没有想到孙老师会这样说,她一下子感到不好意思了。

大家很快就知道孙老师说话是算数的,以后音乐课经常被上成舞蹈课,而舞蹈老师就是秀儿。

学校一共有十一个孩子,都是被他们的爸爸妈妈带来的,来自不同的地方,年龄最小的是杨林,最大的是杨森。

清楚了大家在原来学校上的年级后,孙老师把他们分成了五个年级。幼儿园还没有上完的杨林幸运地成了一年级小学生。虽然是五个年级,但是大家依然坐在一间教室里,孙老师是这样对同学们解释的:他在给四五年级孩子上课的时候,其他年级的孩子要么自习,要么在班长的带领下到外面上体育课。

从来没有见过这样的学校,从来没有见过这样的老师,也从来没有见过这样的上课方式,大家都有些发蒙,一个个显得不知所措。

孙老师不喜欢这样,不管怎么说,到新学校的第一天，都应该高高兴兴的呀。

于是，孙老师绽放出一张"热烈欢迎"的笑脸对同学们说："欢迎大家来到塞罕坝机械林场子弟小学！"

孙老师还热烈地鼓起了掌。

没有谁响应孙老师的掌声，大家都表情淡漠地看着孙老师，似乎不明白这么一间简陋得不能再简陋的屋子怎么就成了"塞罕坝机械林场子弟小学"？

孙老师的双手一下子僵在那里，他心里嘀咕：我是不是做错了什么？

就在这时，一个女生从座位上惊恐地站起来，手指着地上，尖叫着："耗子，耗子，大耗子——"

还真是一只耗子。也不知道那只耗子是原本就待在这里，还是从外面进来的，它似乎不在意屋里有人，只是没有想到一个女孩会尖叫起来，而女孩的尖叫又引发了别的孩子喊叫。这么一来，耗子就慌了，在屋里乱窜起来。

耗子越窜，孩子们喊叫得就越厉害，特别是秀儿她们几个女生，好像那只耗子成了大灰狼、大老虎。

一看见这样的情景,孙老师顿时忘记了自己老师的身份,他随手抄起擦黑板的那块抹布,走过来,连声说:"在哪儿?在哪儿?快抓住它,快抓住它!"

胆子大的男生终于想起来,在这种情况下该怎么做。他们有的脱了鞋子,有的摘下头上的帽子,有的直接拎起书包,把这些当武器去对付耗子。

教室乱成了一团。

耗子可不是轻易就能被人抓住的,也不会轻易被那些武器砸中,最终它仓皇地从教室的门口逃了出去。

室内的同学都追了出去。

到了旷野,他们更不是耗子的对手了,只见耗子如射出去的一颗子弹,眨眼的工夫就消失得无影无踪。

大家朝耗子消失的方向遗憾地看看,然后嘻嘻哈哈地笑了,女生的头发乱了,男生的身上脏了(包括像大男孩的孙老师),一个个脸儿红彤彤的。

大家终于有了上学的感觉。这也意味着他们接